献给我的朋友塞吉·布洛克，
以庆祝我们长达三十多年充满创意和热情的合作，感谢！

——苏斯·摩根斯坦

当我们老去的时候

[法]苏斯·摩根斯坦 / 著　　[法]塞吉·布洛克 / 绘　　谢逢蓓 / 译

东方出版中心有限公司

这是关于一个老奶奶的故事。我相信你曾经在街上或是市集里见过她……看那儿，拿着购物袋的那个就是她。对了，你有没有和她打过招呼？你有没有想过有一天，你也会老去？

她没有太多力气，所以一次拿不了太多东西。你是否曾经走在她的身后，有些不耐烦地看着她努力地趿着鞋一瘸一拐地走路？你是否曾在市集上注意过她，看她把钱币一枚枚摆出来，就怕找不到零钱？她的动作一点儿也不快。她告诉店长，她那又长又硬的长豆角还能拿来织袜子。

你是否曾走在她的身后，看她站在公寓门口？她总是害怕弄丢钥匙，从包里拿出钥匙之前，也总是很慌张。开锁的时候，她的心里一阵煎熬，但门锁并没有因为这份卑微而屈服。换成你可能会说："你这讨厌的门，快打开呀！"而她却说："美丽的门啊，请让我进去吧。"接着，那扇门居然奇迹般地打开了。她想：我是多么幸运！

当幸运来看你的时候，记得为它备好椅子。

　　好了，她到家了！家里很安全。她把自己关在房子里，她害怕强盗、邻居、推销员、传教士、小偷……那你呢？你会害怕什么？怕狗？怕狼？又或者害怕黑夜？

　　她孤身住在两室一厅的公寓里，失去了丈夫，孩子们也不在身边——他们只在想喝茶或者想吃点心的时候来看她。

　　她独自一人与她的思想为伴。

　　她以前经常看书，也许和你一样，但现在她不再喜欢了，因为看书容易让她的眼睛感到疲倦。她以前常做针线活，但现在没什么耐心去做那些了。她曾经绣过漂亮的桌布，可如今她的手指控制不住针线了。她曾经编织过外套、套头衫和围巾，但现在她的手再也不是那些针线的"好伙伴"了。你知道最难的工作是什么吗？如果你问她，她会回答你：什么都不做，才是最难的工作。曾经，她也很喜欢阳光、大海，喜欢去山上散步，就像你一样。但现在医生告诉她，她必须得

非常小心，不能再去那些地方了。

她想：至少，这样不会把鞋子磨坏了。她曾经喜欢用大蒜和洋葱炒菜，但现在胃承受不住了，所以洋葱再也没机会让她流泪了。曾经，家就是她的全世界，她有很多事情要做，从早忙到晚，她还记得深夜里的月光。那个时候她太忙了，忙到忽视了时间的流逝。

如今，她坐在椅子上，有很多时间去思考。

不论如何，她对自己说：如果你做不了想做的事，那至少可以想象能够做到。

她看着镜子中的自己，和你一样，她也认为自己很美丽。她的面庞讲述着时间的故事。她看到了岁月在脸上画出线条，嘴边的皱纹是近八十年来的微笑与欢乐留下的痕迹。眼睛周围的纹路，则是欢笑、泪水、忧虑以及那些糟糕的日子，也有爱与温柔留下的印记。你呢？你的脸上写着什么？

她看着曾经的黑发森林，如今已被一片白色占领了大半阵地。不过，随它去吧！她一直都很喜欢变换形象。

她看着自己皱巴巴的皮肤，感受着脆弱的骨骼和疲累的肌肉。当她还年轻的时候，可以用口红、粉底或是漂亮衣服来掩饰坏心情，而现在，她很乐意展示她的面孔，这张脸装饰了一千个故事、十万首诗、五十万个忧虑以及好多个笑话。

　　她给自己煮了两个土豆。她开始回想……所有这些偶然，构成了生命的种种机遇，而皱纹能讲述这一切。有时，她的思绪带着她回到童年。那时，她被要求坐在一个高高的梯子上，作为不乖的惩罚。你呢？当你不听话的时候，会有什么样的惩罚？

　　有时，她会想起刚到法国的那几年，必须说一种不熟悉的语言，穿一些和过去不同的衣服，改变原有的习惯。你呢？你在别的国家生活过吗？

　　有时，她会沉醉于订婚的那段绚烂时光。她的丈夫是一名来自中欧的移民，法语说得比她还差。有一次，他在一家咖啡馆里点了一杯"加盐咖啡"。服务生当然是按照他说的，给他递上了一杯"咸咖啡"，但他真正想要的，只是一杯普通咖啡。你能想象当你不能用语言表达自我的时候，会发生什么有趣的事情吗？不过这也很好！即使他们之间的交流并不顺畅，他们也结婚了。你是否也曾坠入爱河？

　　那个时候，他们比较拮据，但他们对自己说：既然有了啃面包的牙齿，面包总会有的。

8

　　她给自己煎了一块薄薄的瘦肉牛排。她还记得为孩子们切肉的场景，那时候是为了让孩子们更方便咀嚼，而现在轮到她为自己做这些事了。

　　她想到了一首童谣，并露出了笑容：

　　九十岁的小女孩，
　　吃奶油时伤了牙。
　　——啊，她的妈妈对她说，
　　这也没啥！

　　她在脑海里列出了所有孩子们讨厌的和喜欢的菜肴。你呢？你有没有拒绝过别人为你准备好的饭菜？

　　她看着孩子们离开她去学习、去工作，看着他们结婚、离开她的生活。最让她刻骨铭心的是孩子们不得不离开她，在战争期间躲藏起来的那一天。从那时起，她明白了，世界上所有的甜食都不能治愈一颗受伤的、苦涩的心。

电话铃声让她从过去的记忆中抽身。她很少会接到电话，也从来不打电话。电话那头传来儿子温柔的声音，这对她来说就像音乐一样。

儿子问道："妈妈，你好吗？"

她的脑海中突然蹦出来一首儿歌：

——早上好，周一女士！

周二女士过得好吗？

——很好，周三女士。

麻烦你告诉周四女士，

周五的时候过来，

我们周六一起，

在周日的房间里跳舞。

我很好，就像月亮一样；我很好，就和所有的奶奶一样。

她的语气中没有一丝责备，回答道："我很好。"

就是这样，不好不坏，一如往常。

儿子又问："你的腿呢？还好吗？"

"也挺好。"

"妈妈，你需要什么东西吗？"

她想到一些眼睛看不清的东西，一些手不方便拿的物品。她说："不需要，什么都不需要。"

这也是实话，她确实不需要什么，也什么都不想要。你呢？你需要很多东西，对吗？

"那么，周六见，妈妈。"

她一边回忆过去，一边吃午餐。这些回忆总是追着她，而她也在追寻这些记忆。

你呢？你有没有难忘的回忆？

她早已经数不清为一家人准备了多少次午餐和晚餐。如果把所有洗过的盘子并排放在一起，大约会很长很长，也许能绕法国一圈也说不定。每年都有一餐，像是一个仪式，在同一时间举行，同样的食物、同样的次序。她还记得人们对复活节大餐的赞美，对蔬菜和桌上的绿色植物的赞美。沙拉芹菜、香芹，桌上有很多绿色蔬菜，她甚至觉得，只有兔子一家才会这么吃。她从母亲那里学到了不少菜谱，她的儿子们又把这些菜谱传给他们的孩子们。你也从你祖母那里学到过一些做菜的方法吗？

她的眼前再一次出现了那张桌子，上面摆满了她所拥有的最好的餐具，银器、水晶、桌布和餐巾。这些东西一年只用一次，只在特殊的日子里出现。现在，她仍然能闻到用橄榄油烹炸食品的味道，还有春天里的花香。她也始终认为，梦到了甜甜圈并不代表什么，只是个梦罢了。

　　她忘了吃药，岁月带来的不仅有回忆，也有遗忘。如果要将忘记的事情都记录下来，大概可以填满一整个笔记本。她忘记了自己到底多大岁数，也忘记了自己的生日，只记得出生那天大约是在下雪。你还记得自己出生那天是怎样的吗？

　　她忘记了自己的学生时代，不过依然能背诵当时学会的诗。你呢？你现在还能背出那些诗吗？

　　她忘记把眼镜、戒指、信件和剪刀放了哪里，她成了一个失物猎手。你呢？你是不是也会弄丢一些小物件？没事的！丢掉一个，也许会找回十个。

　　和医生约好的时间到底是这周还是下周？药方是不是该更新了？她有些困惑。不过不管怎么说，如果今天不太顺的话，明天也许会好一点。来自银行的挂号信、关于军人遗孀补贴的信件，还有社会保险等，处理这些东西对她来说太难了，比学算数、听写和动词变位（语法）更难。

她独自一人度过了无数个日与夜。你呢？你是否也尝过孤独的滋味？

好在她还有个忠实的伙伴——电视，它喋喋不休地讲述着一切，又像个敞开的窗口，看着人们行走、唱歌、跳舞、谈话。打开电视的那一瞬，她终于可以远离这两室一厅和厨房，开启去往世界上偏僻角落的旅程。她听到电视里冒出的声音："战争、纷争、分歧、纠纷、政变、饥饿、贫穷、苦难、恐怖主义。"她想：每一天，太阳照常升起和落下，阳光下本就没什么新鲜事。不，也不完全是这样，这个世界仍是一片美丽的混沌。

她的思绪重回1942年。那一年，丈夫从战俘营里逃出来，又在住所的楼梯上被两名盖世太保抓走了。从那以后直到1945年，她都没有他的消息。她尽可能地保护孩子们，把他们送往地中海中部国家的修女那里，而她则通过不停地换藏身处来保全自己。她明白，如果不能默默忍受这些糟糕的日子，那就永远见不到光明，永远等不到美好的时光，永远遇不到奇妙的惊喜。你呢，是否也有过一段糟糕的日子？

电视里，一位歌手正在大喊。她突然想到了自己的运气，她告诉自己，运气就像斜坡，有上行也有下行。她的孩子们已经回来了，丈夫在疗养院住了两年后也回来了。虽然那段时间苦难重重，但生活还是渐渐恢复了秩序。谁说生活一定要过得轻松？如果真是这样，日子还会有趣吗？她的丈夫是个电工，需要长时间地外出工作，孩子们白天都要上学。不能在一起的时候，他们积攒了许多小秘密；当他们聚在一起时，也感受到格外的幸福。你呢？你有没有秘密？你体会到幸福了吗？

她的孙儿们来看她，给她带了羊角面包和鲜花。她很高兴自己被人惦念着。她为孩子们准备了点心，希望他们能开心。让别人快乐是一件很好的事，对吗？她和孩子们一起打牌、一起欢笑、一起看电视，然后和他们说再见。

她想把电视调回频道一，儿子向她展示过要怎么做，但她当时没仔细听。她吃了点洋蓟、奶酪面包还有果泥，就上床睡觉了。

她总是要花很长时间才能入睡。你呢？你能很快就睡着吗？脑海中那个负责记忆的"机器"运转不休。她很高兴孩子们过得不错，他们有本事养活自己和家人，还能找到所爱的人。她回想起曾经有过的那些期望，那些对孩子们未来的担忧。这使她想起一句话："孩子让你无法安睡，而大人让你无法安生。"她松了一口气，很高兴自己成功地完成了一个母亲的使命。接着，她吃了一片安眠药。

"奶奶，你想变年轻吗？"

她甚至不需要思考就可以回答。她不带一丝犹豫地说："不，我已经年轻过了，现在轮到我老了。我已经吃了我的那份蛋糕，现在，我已经饱了。"她已经见识过路途的险阻与美丽的风景。她的旅程是艰难的，但也是甜蜜的。她不想再走一遍同样的路了。她明白，人生的路远不止一种，每一个人都有自己的路要走。

你怎么想？

我们都会老去

——《当我们老去的时候》编辑导读

张馨予

我们都会老去，你想象过你老去的样子吗？是否会满脸皱纹，是否会满头华发？小时候调皮总会模仿老年人蹒跚的步伐，但当这些变成生活的常态，你是否能够接受这一切呢？你会回忆自己的过往，会为某些回忆而感到后悔或是甜蜜吗？你身边是否还有熟悉的亲人环绕，你会感到孤独吗？

全书以一位老奶奶的视角徐徐展开，用琐碎而温柔的语言展露了老年人的日常生活。与孩童视角的观察不同，擦除童真的滤镜，老年人的笨重、迟缓、僵硬、胆小、无助、脆弱以及容易陷入回忆如此真实地展现在我们眼前。那些熟悉的找钥匙、掏零钱，回家后反复检查门锁的细节，几乎让我们瞬间被带入了老奶奶的生活。这些对生活细节的描述，如此亲切自然，也因此具有了真实的力量。在这样自然而然的带入之后，故事的缓慢铺开也逐渐展现出更深刻和广阔的生命体验，老奶奶一面做着日常的家务，一面回忆着自己的一生。在阅读的过程中，我们也从老奶奶的叙述中学到了不少人生经验：

1.与苍老和解，珍爱自己

当身体变得笨拙了，当头脑变得迟钝了，当那些手到擒来的技能逐渐失去了，该怎么办呢？当美丽的面庞布满皱纹，当美好的记忆逐渐模糊，当生活的质量因为衰老逐渐下滑，该怎么办呢？当对生命的控制权一点点被时间从手中夺走，你会厌弃自己吗？你还会像年轻时那样欣赏和喜爱自己吗？

自己没有亲临那种处境，这些问题似乎都无法回答。苍老似乎是一道无解的难题，每个人的解法都不一样。老奶奶用自己的一生展露出一种极为松弛的生活态度：孑然一身没有关系，那叫作"与自己的思想为伴"；面容苍老没有关系，那叫作"脸上装饰了故事"；曾经喜欢的事再也无力去做没有关系，因为"想象可以做到一切"……这些乐观的想法消解了衰老的晦暗，展露出最宝贵的对自我的接受与爱。然而，又有多少人，最不爱的就是自己呢？

老年，是一场注定孤独的旅程。喧闹的人群，孤身的我，希望那时的每一个你我，都已经学会如何善待自己。

2.与世界和解，珍惜当下

每个人的生活都会经历无法言说的波折，对于老奶奶来说，战争以及与家人分离是她心中难以释怀的隐痛。丈夫被盖世太保抓走，为了避难不得不把孩子们送走，战乱的年代里，每一次相聚都极为珍贵。珍惜，似乎只有经历过苦难的人才会更深刻地理解它的含义。珍惜每一餐饭食，珍惜与家人相处的每一刻，珍惜当下的自我，珍惜所拥有的一切。

不与他人对比，甚至不与自己对比，只是坦然地接受时光的皎白与黑暗，只是沉浸地享受每一刻当下、感恩此刻的拥有。

3.与时光和解，不再后悔

或许我们都曾想过，倘若有机会重新活一次，一定要如何如何。毕竟，谁的生命中没有遗憾呢？但在书中，老奶奶提供了另一种答案，她说，她已经见识过路途的险阻与美丽，不想再走一遍同样的路了。配图是老奶奶在风雨中禹禹独行的身影，她的面庞写满了平静与满足。

的确，我们的生命早已烙印着独属于我们的痕迹。当我们不为往昔后悔，不会沉溺于虚幻的假想，与自我和解，与时光和岁月和解，我们才能够更真切地感受大地，拥抱日常，倾听一如往昔的风声雨声。

与其说这是一本带领孩子们理解和了解老年人的绘本，不如说它是一堂给我们所有人的生命教育课。它在教给孩子理解与善待老年人的同时，也在帮我们消解年龄的焦虑，教我们重新审视生活、享受当下。

整本书的色调都是黑白或是淡水彩，有一种清淡但又值得回味的隽永味道。简单的线条和场景重构了老奶奶的一生。在旁观她的生命故事的同时，或许我们也可以重新理解这个世界，重新理解我们的人生。

图书在版编目（CIP）数据

当我们老去的时候 /（法）苏斯·摩根斯坦著；
（法）塞吉·布洛克绘；谢逢蓓译．—上海：东方出版
中心，2022.11
    ISBN 978-7-5473-2108-9

Ⅰ.①当… Ⅱ.①苏…②塞…③谢… Ⅲ.①儿童故
事－图画故事－法国－现代 Ⅳ.① I565.85

中国版本图书馆 CIP 数据核字（2022）第 209272 号

Une vieille histoire by Susie Morgenstern & Serge Bloch
© 2021 Éditions Sarbacane, Paris

Chinese (Simplified characters) translation rights © 2022 by
Shanghai Yan Chang Culture & Communication Co., Ltd.
Chinese (Simplified characters) translation rights arranged through
Wubenshu Children's Books Agency

上海市版权局著作权合同登记：图字 09-2022-0901 号

当我们老去的时候

著　　者　[法] 苏斯·摩根斯坦
策划编辑　郑纳新　张馨予
责任编辑　张馨予
装帧设计　钟　颖
版权顾问　谢逢蓓　欧阳秋雯

出版发行　东方出版中心有限公司
地　　址　上海市仙霞路 345 号
邮政编码　200336
电　　话　021-62417400
印 刷 者　上海丽佳制版印刷有限公司

开　　本　787mm×1092mm 1/16
印　　张　2.25
字　　数　10 千字
版　　次　2023 年 1 月第 1 版
印　　次　2023 年 1 月第 1 次印刷
定　　价　48.00 元

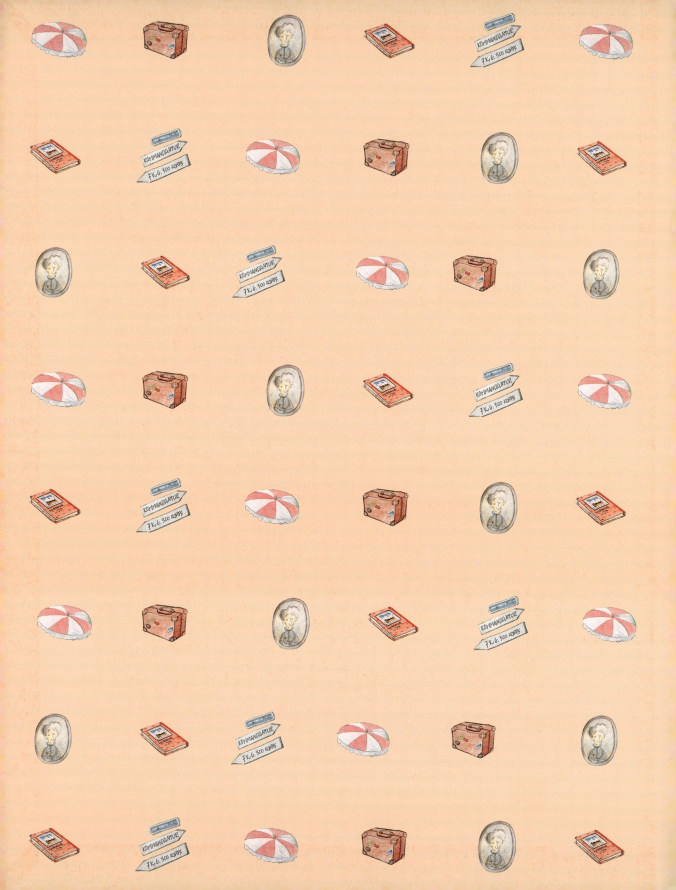